L'Iliade

Fichesdelecture.com

L'Iliade
(Fiche de lecture)

I. BIOGRAPHIE D'HOMÈRE

Comment faire la biographie d'un homme dont nous ne savons presque rien ?... Le dictionnaire dit qu'il « serait né » au huitième siècle avant J.C et que de nombreuses légendes le concernant ont été créées à partir du sixième siècle. Aujourd'hui nous considérons que son visage serait celui représenté par le buste d'un homme âgé et aveugle. Mais rien ne nous le prouve. Pierre Vidal-Naquet, grand spécialiste de cette époque, nous dit que ce buste daterait de l'époque romaine et serait une copie d'une œuvre grecque du cinquième siècle.

Homère était un aède, c'est-à-dire un chanteur qui s'accompagnait d'un petit instrument à cordes. Quant à l'« Iliade », elle daterait de la fin du neuvième siècle ou du huitième siècle av. J.-C. Toujours selon Vidal-Naquet (« Le monde d'Homère » édité chez Perrin) l'« Odyssée » daterait de quelques dizaines d'années plus tard.

II. RÉSUMÉ

Celui-ci ne peut pas être détaillé vu que cette œuvre compte quatorze chants et plusieurs centaines de pages. Je vais donc tenter de faire ici un condensé valable.

Le chant 1 commence par une terrible dispute au sein du camp des Achéens (Grecs) Leurs nefs sont sur les rivages d'Ilion (ou Troie) quand arrive Chrise, prêtre d'Apollon, demandant aux Achéens de lui rendre Chriséis, sa fille, contre une belle rançon. Agamemnon, chef des Achéens qui la possède refuse. Mais Apollon venge son prêtre en décochant des flèches meurtrières sur les soldats. Achille va alors s'opposer très violemment à Agamemnon et ira jusqu'à annoncer qu'il quitte le combat avec toutes ses troupes et rentre chez lui en Phtie.

Héra et Athéna interviendront pour le calmer.

La guerre va donc se poursuivre et sera terriblement meurtrière pour chaque camp. Ilion est une cité particulièrement bien défendue et dirigée par le roi Priam, vieux, mais brave et sage, aimé des dieux et surtout de Zeus. Il a de nombreux fils autour de lui, de très nombreux guerriers et de grandes richesses. Le plus vaillant guerrier de la ville est Hector, fils aîné de Priam et frère d'Alexandre (aussi dénommé Pâris) qui a enlevé Hélène, épouse du roi Achéen Ménélas.

L'armée des Achéens compte également de très nombreux guerriers et de très grands aussi. Achille vient en tête par sa force, son courage et son invincibilité. Il est le fils du roi de Phtie et d'une déesse au nom de Thétis. Seul son talon est vulnérable. Puis vient Ajax, l'homme au grand courage et à la force hors du commun. Il convient de ne pas oublier Ulysse, le grand protégé d'Athéna, qui, tout en étant bon guerrier, est aussi réputé pour sa sagesse et sa ruse. Il est le roi d'Ithaque. Viennent alors Agamemnon, roi d'Argos, et Ménélas roi de Lacédémone (Sparte) et frère d'Agamemnon. Voici pour les principaux personnages masculins.

Pour les femmes d'Ilion, nous retiendrons surtout Hécube, femme de Priam et reine d'Ilion, Andromaque, femme d'Hector, et Cassandre, fille de Priam dotée de dons divinatoires. Hélène est la femme de Ménélas enlevée par Alexandre. Involontairement elle est le principal motif de cette guerre. Agamemnon laisse sa femme Clytemnestre au foyer, comme le fait Ulysse pour Pénélope.

Lassés par cette guerre terrible les deux camps vont tenter d'arriver à s'entendre. Agamemnon propose un combat singulier entre Alexandre, pour Ilion, et Ménélas pour les Achéens. Si Alexandre gagne, il garde Hélène et Ilion son trésor, les Achéens rentrent chez eux. Par contre, si Alexandre perd, Ilion devra rendre Hélène aux Achéens et payer un tribut qui devrait aider jusqu'aux générations futures des combattants actuels. Il n'est donc pas question ici de raser Ilion, ni de massacrer ses habitants et de piller toutes les richesses de la ville !

Le combat a lieu et Ménélas prend le dessus quand, soudain, Alexandre disparaît dans un nuage de fumée envoyé par Aphrodite et se retrouve couché dans son lit. À Hélène qui dit à Aphrodite qu'elle ne supporte plus d'être responsable de toutes ces morts et qu'elle préférerait se rendre à Ménélas, celle-ci répond qu'à faire cela elle la punirait très durement !...

S'ensuit une réunion au sommet sur l'Olympe sous la présidence naturelle de Zeus. Deux camps s'affrontent. Mais Zeus commence par faire savoir qu'il est attaché à Ilion et à son roi Priam. Il est clairement en faveur d'un règlement à l'amiable dans cette affaire. Mais Héra, femme de Zeus, ainsi qu'Athéna, voient le problème tout autrement et Héra ne va pas se gêner pour le lui faire savoir. Zeus ira même jusqu'à lui dire que, s'il la laissait faire, elle ne devrait pas un jour s'opposer à sa colère à lui contre une autre ville. À quoi elle répond qu'elle donnerait ses trois villes favorites (Lacédémone, Argos et Mycènes) contre Ilion ! Zeus cède et conseille alors à sa fille Athéna d'intervenir sur le champ de bataille pour qu'un geste des Troyens rende un règlement à l'amiable impossible. Celle-ci va alors pousser un des guerriers de l'armée d'Ilion à envoyer une flèche mortelle sur Ménélas. Elle déviera cette flèche et fera en sorte qu'elle ne fasse que le blesser. Mais la guerre ne peut donc que continuer.

Thétis, la mère d'Achille en est profondément affectée car elle en connaît l'issue pour son fils : la mort.

Suite à sa querelle avec Agamemnon et vu le mépris qu'il a pour ce dernier, Achille va se retirer sous sa tente et refusera de combattre. Les supplications d'Agamemnon n'y changeront rien ! Après la mort d'Ajax, Hector n'aura plus de véritable adversaire à sa mesure et fera des ravages dans le camp des Achéens. Les Troyens mèneront même une expédition contre les navires de l'adversaire. Jusqu'au jour où Patrocle, ami d'Achille, décide de ceindre les armes de ce dernier, à son insu, pour terrifier les adversaires. Cela marche jusqu'au moment où Hector s'en prend à celui qu'il croit être Achille et le tue. Croyant avoir perdu leur héros c'est la débandade chez les Achéens !

Achille voudra venger son ami et reprendra les armes. Se venger veut dire tuer Hector, ce qu'il fait. Viendra alors tout un passage au cours duquel Achille envisagera de ne pas donner de sépulture à Hector, tellement sa colère est grande. Une nouvelle discussion se tiendra sur l'Olympe et, malgré l'opposition de Héra et d'Athéna non encore apaisées, les dieux décideront qu'Hector a droit à une sépulture. Au cours du débat, Apollon ira jusqu'à traiter les dieux de « malfaisants » s'ils ne l'acceptaient pas ! Alors, Priam viendra trouver Achille et arrivera à le faire fléchir : il rend le corps de son ennemi à son père pour l'enterrer décemment. Mais Achille se méfie d'Agamemnon et de son âpreté. Il craint que si celui-ci devait apprendre la présence de Priam dans le camp il s'en emparerait pour en exiger une rançon phénoménale. Il pousse donc le roi à vite quitter le camp et à rentrer le corps de son fils dans Ilion. Hermès lui-même aidera Priam en le rendant invisible, ainsi que son équipage, pendant toute la traversée du territoire entre les deux armées.

Viennent alors les célébrations autour du corps du héros troyen et Hélène sera la dernière des proches à parler. Elle dira à quel point elle s'en veut de tout cela et à quel point Hector avait toujours été le premier à la soutenir.

Ici se termine l'« Iliade » Ilion est toujours debout et Achille n'est pas encore mort.

III. LE CONTEXTE DE L'ŒUVRE

Un des moyens utilisés pour savoir que ce texte, ou plutôt ces chants d'aèdes datent du neuvième ou huitième siècle avant J.C réside dans le fait que les rois ne sont pas tout puissants. Même Agamemnon doit tenir des conseils et tenir compte des autres. Quand il ne le fait pas, il est puni et le paie. Avant cette époque les rois étaient tout puissants et ne se justifiaient pas de leurs décisions.

Comme vous avez pu le voir, ce sont les dieux qui ont décidé de cette guerre et leur rôle sera prépondérant dans la mesure où ils interviendront souvent en personnes sur le champ de bataille. Là aussi Zeus ne décide pas seul. Des conseils se tiennent et, malheureusement pour Ilion, il cède à sa femme sous forme d'un compromis qui lui permet de ne pas perdre la face.

C'est Aphrodite qui a poussé Hélène à fuir avec Alexandre. C'est elle qui lutte pour qu'elle ne se rende pas aux Achéens. Poséidon, Apollon et même Arès également prendront position dans cette affaire. Mais le pire, pour les Troyens, sera la haine que ressentent Héra et Athéna contre eux. Tous les moyens seront bons pour ces deux femmes pour obtenir la destruction de cette ville.

Cassandre aura beau prédire tout ce qu'elle veut, elle n'est pas écoutée car les murailles d'Ilion sont fortes, que la ville est riche en nourriture, en alliés et en guerriers de valeur. Mais que faire face aux dieux qui ont juré sa perte.

Vous verrez également que les débats sur l'Olympe ont été animés et que les injures volaient même parfois !

Il semble aujourd'hui que certains pensent que les richesses d'Ilion attiraient grandement ces Achéens avides de pillages et d'enrichissement. Ils voulaient cette guerre. D'autres ont fait remarquer qu'Ilion contrôlait le passage des navires vers les Dardanelles, la mer Noire et le grenier à blé d'Ukraine. Ils dérangeaient donc les Achéens en expansion à cette époque.

IV. LES IDÉES

L'« Iliade » est une extraordinaire description de ce qu'était le monde grec de cette époque. Il était encore très loin de l'unification qu'imposera d'abord Philippe de Macédoine et son fils Alexandre par la suite. Les plus grosses villes à ce moment sont Lacédémone, ou Sparte, Argos et Mycènes. Athènes ne connaîtra sa grande expansion que plus tard. À cette époque Thèbes est encore hors de ce que l'on appelait l'Hellade. Ithaque est une petite île tout en bas de la Grèce.

Chaque ville a son roi et il est en principe indépendant. Les faits veulent cependant que les moins forts aient tout intérêt à se ranger avec les plus forts. Et à ce jeu ce sont les trois villes ci-dessus qui l'emportent avec pour rois Agamemnon et Ménélas.

Homère, ou les aèdes, mettront très souvent les défauts ou les qualités de leurs personnages en avant. Agamemnon est cupide et parfois tyrannique. Ménélas ne passe pas pour un homme d'une grande intelligence. Achille est colérique, mais droit et honnête. Ajax est d'une force hors du commun. Quant à Ulysse, il est surtout très rusé. Il est le roi du compromis et sait jusqu'où il faut aller pour ne pas aller trop loin. Il se sait protégé et inspiré par Athéna, elle-même déesse de l'intelligence. Son comportement se justifie aussi parfois par le fait qu'il est très loin d'être l'allié le plus important de la coalition.

L'« Iliade » nous apprend aussi beaucoup de choses quant au mental de l'époque, de ce qui peut se faire ou non. Les mêmes hommes sont parfois d'une grande cruauté et par la suite très respectueux des usages, de ce qui peut se faire ou non, sur base de ce qu'ils croient être la position des dieux. L'hospitalité est sacrée, la vengeance est autorisée, mais l'adversaire a droit à une sépulture décente. Les vaincus sont exécutés quand aux femmes et enfants des vaincus il est normal de les garder comme esclaves. Ils contribuent à la richesse du maître.

Nous apprenons aussi pas mal de choses en matière d'armement et des matériaux utilisés.

L'influence de l'« Iliade » et de l'« Odyssée » est énorme sur notre culture occidentale qui en est vraiment imprégnée.

De l'« Iliade » et de l'« Odyssée » naîtront également beaucoup de grandes pièces de théâtre grecques. Dans celles-ci les auteurs peuvent également donner libre cours à leur imagination et modifier certaines choses selon leur bon vouloir. Il y aura Eschyle, Euripide, Sophocle, pour ne nommer que les plus grands avec des pièces comme « Les Troyennes », « Hécube », « Andromaque », « Hélène », « Ajax »

Puis viendront aussi les pièces sur le sort de certains des vainqueurs, comme Agamemnon qui se fera assassiner par sa femme Clytemnestre et son amant. Pour avoir un vent favorable et atteindre Ilion il a sacrifié sa fille Iphigénie traîtreusement. Enfin, elle n'a pas pu supporter non plus qu'il prenne la jeune Cassandre dans son lit. Ce meurtre d'Agamemnon aboutira à celui de Clytemnestre par ses enfants, Oreste et Electre. Cette histoire donnera l'« Orestie » par Eschyle, « Electre », « Oreste », « Iphigénie à Aulis » par Euripide et « Electre » de Sophocle.

Nous voyons donc bien à quel point cette guerre de Troie racontée par Homère a influencé les lettres grecques, mais aussi de tout l'occident.

V. LE STYLE

Tout d'abord il est celui de l'époque. Ensuite ce sont des chants retranscrits et l'aède qui les récite doit se faire entendre et comprendre. Il doit frapper l'imaginaire de ses auditeurs et son attention. Pour aider à la compréhension, ils répètent à chaque fois les titres des dieux et des héros afin d'aider l'auditeur à se rappeler de qui on parle. En plus, cela donne un ton emphatique à l'histoire et cela grandit les personnages comme le récit lui-même.

Cela peut cependant être un peu lassant pour le lecteur d'aujourd'hui, mais il serait criminel d'en changer la forme !...

Quelques mots sur les aèdes et les rhapsodes.

Ces personnages ont été extrêmement utiles tout au long de l'histoire. Ils transmettaient des contes, des légendes et des traditions séculaires parmi les populations qui ne savaient pas lire et, avant, quand il n'y avait quasiment pas de livres. Chez nous on les appelait « troubadours » alors que les termes d'aèdes et de rhapsodes viennent plutôt des pays comme l'Albanie d'abord, la Serbie, la Croatie, la Slovénie, etc.

Ces pays ont des régions particulièrement éloignées de tous contacts avec les autres, notamment dans les montagnes. Ces aèdes ou rhapsodes étaient toujours accueillis avec le plus grand respect chez les particuliers ou dans les auberges.

Aux dires d'Ismaïl Kadaré ils existent toujours dans son pays et, comme l'Albanie prétend être une ancienne alliée de Troie, elle considère un peu Homère comme un des siens. Pour s'en rendre compte, il suffit de voir ce que les contes et légendes grecques imprègnent encore l'Albanie d'aujourd'hui et l'œuvre de Kadaré en particulier.

Dans « Le dossier H » (H pour Homère) Kadaré fait venir deux savants anglais en Albanie sur les traces d'Homère qui, selon eux, aurait été un des aèdes albanais et aurait fait école. Dans son livre « Trois chants funèbres pour le Kosovo » ces personnages jouent également un rôle important. Et je ne peux oublier un de mes livres préférés de cet auteur « Mauvaise saison sur l'Olympe » qui est une pièce qui met en scène Prométhée en lutte contre la tyrannie de Zeus auquel il ne prétend pas céder malgré les traitements qui lui sont infligés.

Dans la même collection en numérique

Escadrille 80

Inconnu à cette adresse

La controverse de Valladolid

Les Vilains petits canards

Une partie de campagne

Cahier d'un retour au pays natal

Dora Bruder

L'Enfant et la rivière

Moderato Cantabile

Alice au pays des merveilles

Le faucon déniché

Une vie

Chronique des Indiens Guayaki

Je voudrais que quelqu'un m'attende quelque part

La nuit de Valognes

Œdipe

Disparition Programmée

Education européenne

L'auberge rouge

L'Illiade

Le voyage de Monsieur Perrichon

Lucrèce Borgia

Paul et Virginie

Ursule Mirouët

Discours sur les fondements de l'inégalité

L'adversaire

La petite Fadette

La prochaine fois

Le blé en herbe

Le Mystère de la Chambre Jaune

Les Hauts des Hurlevent

Les perses

Mondo et autres histoires

Vingt mille lieues sous les mers

99 francs

Arria Marcella

Chante Luna

Emile, ou de l'éducation
Histoires extraordinaires
L'homme invisible
La bibliothécaire
La cicatrice
La croix des pauvres
La fille du capitaine
Le Crime de l'Orient-Express
Le Faucon malté
Le hussard sur le toit
Le Livre dont vous êtes la victime
Les cinq écus de Bretagne
No pasarán, le jeu
Quand j'avais cinq ans je m'ai tué
Si tu veux être mon amie
Tristan et Iseult
Une bouteille dans la mer de Gaza
Cent ans de solitude
Contes à l'envers
Contes et nouvelles en vers
Dalva
Jean de Florette
L'homme qui voulait être heureux
L'île mystérieuse
La Dame aux camélias
La petite sirène
La planète des singes
La Religieuse

À propos de la collection

La série FichesdeLecture.com offre des contenus éducatifs aux étudiants et aux professeurs tels que : des résumés, des analyses littéraires, des questionnaires et des commentaires sur la littérature moderne et classique. Nos documents sont prévus comme des compléments à la lecture des oeuvres originales et aide les étudiants à comprendre la littérature.

Fondé en 2001, notre site FichesdeLectures.com s'est développé très rapidement et propose désormais plus de 2500 documents directement téléchargeables en ligne, devenant ainsi le premier site d'analyses littéraires en ligne de langue française.

FichesdeLecture est partenaire du Ministère de l'Education du Luxembourg depuis 2009.

Plus d'informations sur www.fichesdelecture.com

ISBN: 978-2-511-02979-4

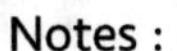

Notes :